Verschenen in de kleurenreeks van Uitgeverij Oevers:

Erwin Mortier *Lazuur* (2024)

Fleur Pierets *Beton* (2024)

Tom Hofland *Mos* (2024)

Alma Mathijsen *Bloedsinaasappel* (2024)

TOM HOFLAND

Mos

Novelle

Uitgeverij Oevers
Zaandam 2024

Foto © Iduna Paalman
Omslagontwerp en vormgeving Uitgeverij Oevers
ISBN 9789493367210 | NUR 301

MIX
Papier | Ondersteunt verantwoord bosbeheer
FSC® C202745

www.uitgeverijoevers.nl

je vraagt je af: welke leugens

schragen welke plank en lig ik daarop te slapen?

Iduna Paalman, uit *Bewijs van bewaring*, 2022,
Uitgeverij Querido

MILOS

De cactus zag er droog uit. Te droog. Er lag een dun laagje stof over zijn bladeren. Noem je dat zo bij een cactus? Bladeren? Dat had ik moeten weten, en toch twijfelde ik. Ja, natuurlijk noemde je dat bladeren. Hoe moest je het anders noemen. Stengels? Het waren van die groene slierten, die als dreadlocks naar beneden hingen. 'Hij heeft water nodig,' zei ik. Ik schoof een beetje naar achteren op mijn stoel waardoor het leer kraakte. Vivian draaide haar nek en keek naar de cactus op de vensterbank. Het zonlicht door de ramen verlichtte de punten van haar rode haar.

'Genoteerd,' zei ze, en ze wendde zich weer tot mij. 'Die plekken dus, Milos?' Ze wees met de achterkant van haar pen naar mijn gezicht. Niet onbeleefd, ze tilde haar pen maar lichtjes van het papier.

'Ja,' zei ik. 'Rondom mijn ogen, vooral. Maar met name op mijn rug.'

Ze knikte. 'Pijnlijk?'

Nu knikte ik.

'Je bent al bij drie dermatologen geweest,' las ze van het computerscherm af.

'Klopt. Ze kunnen niets vinden. Geen allergie.'

'Het is niet erfelijk? Atopisch?'

'Daar is het te atypisch voor.'

Ze tikte iets in op het toetsenbord, leunde voorover.

'Ik kan me voorstellen dat je de suggestie van de huisarts best vervelend vond.'

'Hoe bedoel je?'

'Nou, veel mensen voelen zich dan niet serieus genomen. Als wordt gezegd dat de oorzaak psychisch kan zijn.'

'Daar had ik nog niet bij stilgestaan.'

Vivian glimlachte moederlijk. 'Ik wil alleen maar zeggen dat we het heel serieus nemen.'

'Hoe vaker je dat herhaalt, hoe minder ik het geloof,' zei ik, en ik wilde het als een grap brengen, maar ze had mijn toon niet goed gehoord – of ik had hem niet goed laten klinken – en ze begon met een stemmig gezicht weer iets in de computer te tikken.

'Ach,' probeerde ik. 'Het maakt me niet uit waar het vandaan komt. Als ik er maar vanaf kom.'

Vivian stond op. Ze had een heel kort bovenlijf en

extreem lange benen, waarmee ze nu om haar bureau heen liep, en ze boog zich een beetje naar me toe. Voorzichtig, toestemming vragend met haar blik. Ik bleef achterover geleund zitten, maar liet haar begaan. Ze bestudeerde mijn gezicht.

'Kun je de pijn omschrijven?'

'Het voelt zoals... brandnetels. Wanneer je door brandnetels geprikt bent, dus. Branderig.'

'Van die bultjes?'

'Ja.'

'Dat lijkt me pijnlijk.'

'Ja.'

'Continu?'

''s Ochtends is het het ergste.'

'Smeer je er iets op?'

'Hmmf', zei ik, en ik haalde mijn schouders op, omdat ze me overviel met de vraag.

'Sorry?'

'Ja, ik smeer er iets op.'

'Wat dan?'

Ik keek over haar schouder naar de plant die op de vensterbank stond te verpieteren. 'Niet alle cactussen kunnen lang zonder water, wist je dat? Sommige komen uit het regenwoud.'

'Volgens mij ontwijk je de vraag.'

'Welke vraag? Van de zalf?'

Ze knikte. Ik kwam er niet onderuit. Ik kon niet gaan liegen tegen de psycholoog.

'Mos,' zei ik.

'Mos?'

'Ja, mos. Uit het bos.'

'Helpt het?'

'Niet echt.'

Ze liep terug naar haar stoel en ging zitten. Ze nam een slok van haar water, draaide in haar stoel en goot een beetje bij de droge cactus. 'Hoe kwam je erbij om dat te gebruiken?'

Ik grinnikte. 'Ach, tis idioot,' zei ik.

'Vast niet. Je zult er toch wel een reden voor hebben?'

'Tja, ik...' Waarom zei ik niet gewoon dat ik er vaseline op smeerde? 'Ik heb veel toegang tot oude boeken. Voor m'n werk.'

'Wat deed je ook alweer? Voor werk?' Ze wierp een korte blik op haar scherm terwijl ze dit vroeg.

'Ik ben onderzoeker aan de universiteit.'

'Ah, ja.'

'Ik bestudeer Middeleeuwse, occulte, ja, eh, boeken. Magie. Toverspreuken. Dat soort dingen.'

'Zo!' Er ontsnapte een lachje uit haar mond, of eerder uit haar neus. Zo'n schattig knorretje. Ze schrok er zelf van. 'Wat spannend, zeg,' zei ze.

'Valt mee. Het is puur academisch. Geen Zweinstein-taferelen.'

Ze lachte weer, maar deze keer meer ingetogen.

'En in die toverboeken, daar stond het mos in?'

'Niet precies in een toverboek,' zei ik. 'Meer een geschrift gebaseerd op... ach, ja, een toverboek. Laten we het daar op houden. Zo interessant is het ook niet.'

'Maar daar stond het mos in?'

'Ja,' zei ik terwijl ik mijn blik beschaamd afwendde.

'Maar waarom schaam je je daarvoor? Misschien werkt het wel. Wie zegt dat alles in die boeken onzin is?'

Ik vond het fijn dat ze me op mijn gemak probeerde te stellen. Maar het voelde ook aanmatigend. Vreemd kwetsbaar op een manier die ik niet kende. Het is pijnlijk als een psycholoog je schaamte niet accepteert maar je stellig zegt dat die er niet zou moeten zijn. Bij een geliefde kun je dan doorgaan met schamen, zielig doen zelfs. Kusjes vragen. Maar tegenover een professional voel je je dom over je schaamte.

'Tijdens de intake met mijn collega vertelde je over je vorige relatie. Over Ines. Geen makkelijk type.'

Ik keek naar de cactus. Sommige bladeren, stengels,

waren schoongespoeld door het beetje water dat de psycholoog er op had gegoten. Maar er was nog veel meer nodig om de plant te redden.

'Hoe was dat?' vroeg ze.

'Wat?'

'Je relatie hiervoor. Met Ines.'

'Ach,' zei ik. 'Zoals relaties gaan. Iedereen heeft natuurlijk weleens strubbelingen.'

'Ik begreep dat het wel iets heftiger was dan dat.'

'O ja?'

'Ja, toch?'

'Nou ja, ze bedoelde het vast niet verkeerd allemaal. Ze heeft een lastige jeugd gehad, ook.'

Nu was het aan Vivian om achterover te leunen. Uitdagend, bijna. Spottend zelfs. Ze probeerde me met haar houding uit de tent te lokken, en dat werkte, want ik kreeg de neiging meer te vertellen. 'Ik was waarschijnlijk ook niet de makkelijkste. Maar het was wel moeilijk, ja.'

'Hoe heb je haar leren kennen?'

'Via een werkding. Ze maakte foto's voor de universiteitskrant. Er was een pr-dingetje, ik geloof dat ze rond Halloween iets met die occulte geschriften wilde doen. Ze fotografeerde het grootste boek uit de collectie – wat eigenlijk helemaal geen occult geschrift was, maar een botanisch werk dat ik geleend had – omdat dat er leuk uitzag voor de foto. Ze vond het heel grappig allemaal, dus we hebben er een tijdje over staan praten.'

Vivian had inmiddels een blocnote gepakt om in te schrijven terwijl ze naar me luisterde.

'Was ze veel jonger dan jij?'

'Ietsje. We zijn pas echt bij elkaar gekomen toen ze klaar was op de uni.'

'En dat was leuk dus?'

'Sorry?'

'Het begin.'

'Ja, jazeker.'

'Maar het werd ook lastig soms?'

Ik knikte terwijl ik mijn blik op de cactus gericht hield.

We reden over de snelweg. De A15 richting Nijmegen. Eén afschuwelijk stuk rechtdoor. Vrachtwagens rechts, auto's die te snel willen links. Ines zat naast me. 'Komt die Amerikaan nog langs deze week?'

'Max?' vroeg ik. 'Dat je dat onthouden hebt. Wat lief. Ja, die komt langs. Hij wil een paar boekjes inzien. Voor die Amerikanen is Europa het beloofde land, wat occulte dingen betreft.'

'Het moet fijn zijn om zo'n niche fascinatie met iemand te kunnen delen,' zei Ines terwijl ze haar hand op mijn been legde. 'Aan mij heb je niet zoveel wat dat betreft.'

Ik wilde haar een geruststellende blik toewerpen, maar ze had met haar andere hand het spiegeltje naar beneden geklapt en controleerde haar make-up.

'Vind je dat niet jammer?' vroeg ze.

'Met jou heb ik andere dingen,' zei ik.

'Wat dan?'

'Gewoon ons.'

'Gewoon ons?'

'Ja. Je weet wel.'

'Nee, vertel.'

'Gewoon, wie wij zijn, zeg maar.'

'Leg eens uit?'

'Nou, oké, we passen qua interesses voor geen meter bij elkaar. Jij geeft niets om boeken, en fotografie kan mij gestolen worden. Maar toch vinden we elkaar leuk genoeg om samen te zijn.' Ik werd afgeleid door een vrachtwagen die me, op een slakkengangetje, begon in te halen. De kolossale zwarte wielen kwamen akelig dichtbij. 'Dus ja, gewoon ons...'

'Schattig,' zei Ines. 'Je hebt gelijk.' Ze streek met haar wijsvinger over mijn been. Eerst dacht ik dat het letters waren, maar het was een hartje. De vrachtwagen had ons inmiddels gepasseerd. Het hartje werd groter. Over mijn dijen tot aan mijn knie en bijna langs mijn liezen. En dan weer kleiner. Steeds kleiner. Ze wilde net aan een nieuw hartje beginnen, drukte met haar pastel groen gelakte nagel in mijn broek, toen er een ijzig scheuren door de auto klonk. Ik zag het linker voorwiel zich losmaken van de carrosserie en rechtdoor de linkerbaan op schieten, alsof het een eigen bewustzijn had gekregen en zich zo snel mogelijk van ons wilde verwijderen. 'Tot ziens,' dacht ik terwijl ik hem zag gaan. Maar toen pas schrok ik, en met een ruk aan het stuur vlogen we de vluchtstrook op.

Toen we stilstonden merkte ik dat Ines haar nagels volledig in mijn been geduwd had. 'Godverdomme!' schreeuwde ze, en sloeg tegen het dashboard. 'Ik dacht dat we dood gingen!'

Ik zette de alarmlichten aan, controleerde mijn spiegel en stapte uit. Ook Ines kwam naar buiten. Vrachtwagens denderden langs ons terwijl we de plek bekeken waar eerst het wiel had gezeten, maar waar nu een groot gapend gat zat. Ines legde haar hand op mijn schouder. Ze ademde snel. 'Hoe kán dit?'

Ik bukte en keek aandachtig naar de plek waar het wiel had gezeten, alsof ik verwachtte dat ik daar iets zou zien waar ik wijzer van kon worden. Maar ik begreep niets van auto's. Überhaupt niet van techniek. Het enige wat ik met zekerheid kon constateren, was dat het wiel daadwerkelijk weg was. Ik stond weer op en keek achter me of ik het wiel ergens zag liggen, maar het was spoorloos verdwenen.

Ines klakte met haar tong. 'Zet het reservewiel er maar snel op. Anders komen we te laat.'

Ik keek haar aan. 'Pardon?'

‘Het reservewiel.’

‘Hoe kom jij erbij dat we een reservewiel hebben?’

Ines rolde met haar ogen. ‘Dit is een grap, toch?’

‘Wat?’

‘Heb je geen reservewiel?’

‘Je? Dit is onze auto. *Wij* hebben geen reservewiel. Waar heb jij ooit een reservewiel gezien?’

‘Ongelooflijk.’ Ze liep weg van de auto en klom over de vangrail. Daar bleef ze staan. ‘En dan nog iets,’ zei ik terwijl ik achter haar aanliep en mijn stem moest verheffen om boven het geraas van de vrachtauto’s uit te komen. ‘Die commanderende toon bevalt me eigenlijk ook niet zo.’

‘Waar héb jij het over?’ riep ze terug. ‘Welke toon in godsnaam?’

‘Die toon! Van “Zet het reservewiel er maar snel op”. Waarom zet je het er zelf niet op?’

Ze schudde langzaam haar hoofd en lachte schamper.

‘Jezus, wat ben jij gevoelig.’

Ik sloeg mijn armen over elkaar, als een fysieke barrière, om ervoor te zorgen dat ik het gesprek zou stoppen, zoals ik me al zo vaak had voorgenomen wanneer de boel weer eens op het punt stond om te ontsporen. Maar het lukte me niet.

'Ik ben niet gevoelig,' probeerde ik zo kalm mogelijk te zeggen. 'Ik vind die toon gewoon niet fijn. Je geeft me het gevoel dat ík een probleem heb. Terwijl we sámen een probleem hebben.'

Ines keek me aan. Strak. Ik kon er geen emotie uit opmaken. 'Serieus? Mijn God. Ik kan niets tegen je zeggen of je bent al op je pik getrapt. Kun je dit gewoon oplossen?'

'Waarom moet ík dit oplossen? We zitten toch samen in de shit?'

Een voorbijrazende Volkswagen toeterde luid. Jonge jongens, niet veel ouder dan twintig, staken hun middelvinger op. Ines leunde met één voet op de vangrail. 'Wat ben je toch een kind. Ik probeer een oplossing te verzinnen en nu ben jij weer gekwetst.'

Ik stond nog voor de vangrail en klom er overheen om naast haar te gaan staan. Ik kende Ines goed. We waren al vijf jaar samen. Ik wist dus ook dat ik moest zwijgen. Maar ja. 'Het is de *toon,*' zei ik heel zachtjes.

Ze begon te lachen. Kakelend, met haar hoofd in haar nek. 'Ongelooflijk! Het is echt ongelooflijk dat je hier al gekwetst door bent. Door een vráág. *Wil jij* het reservewiel er op zetten.'

'Je vroeg het niet,' zei ik zacht. 'Je commandeerde me.'

'Triest,' zei ze. 'Echt triest. Je bent ouder dan ik, maar soms denk ik echt dat ik met een kleuter ben.' Ze draaide zich van me af en ging op de vangrail zitten. 'Ik doe het zelf wel weer. Ik los het zelf wel op. Zo gaat het toch altijd, Milos?'

'Jezus,' mompelde ik, 'doe toch eens normaal.' Ik opende mijn telefoon om het nummer van de wegenwacht te zoeken.

Ines kwam overeind. Ze stapte dichterbij.

'Wat zei je?'

'Niets...' Houd uw lidnummer bij de hand. Waar had ik die. Ik was mijn pasje al maanden kwijt. Vast in een mailtje.

'Je bent net een kind, Milos.' Ze deed nog een stapje in mijn richting.

Het lidnummer vindt u in een aanmeldingsbevestiging. Kut. Wanneer was ik lid geworden?

'Je bent een volwassen man. Hoe kun je soms zo sneu zijn?'

Het was vast gekoppeld aan m'n oude e-mail adres. Zoeken op ANWB dan maar.

Ze stond nu bijna tegen me aan.

'Triest. Kinderachtig. Kankerzooi.'

Ah, gevonden. Bedankt voor uw aanmelding bij de ANWB. Uw lidnummer vindt u onderaan de...

‘Weet je, Milos? Mijn vader zou dit nooit laten gebeuren. Hij zou dit gewoon oplossen.’

Ik liet mijn telefoon zakken. ‘Misschien moet je dan maar met je vader gaan neuken.’

Plotseling reden er geen auto’s meer voorbij, geen vrachtwagens. De snelweg was leeg. De wolken boven ons hingen stil.

Ines keek me aan. Haar ogen wijd opengesperd. Ze opende haar mond om iets te zeggen, waarbij haar onderlip even trilde, en ging toen weer zitten op de vangrail. Ze streek met haar mouw langs haar ogen.

‘Jezus, Milos.’

‘Sorry…’

‘Wauw…’

‘Sorry, Ines.’

‘Hoor je hoe je tegen me praat?’

‘Ini, ik bedoelde het niet zo, het spijt – ’

‘We kunnen best ruzie maken. Maar dit gaat echt te ver.’

Ik ging naast haar staan, legde mijn handen op haar knieën. Ze keek op met grote waterige ogen. ‘Je mag best je woede uiten, maar niet zo. Niet tegen mij.’

Ik probeerde mijn hand door haar haren te halen, maar ze ontweek me.

‘Los het maar op,’ zei ze zacht. ‘Ik wil naar huis. En

dan wil ik dat je gaat bedenken hoe dit nooit meer kan gebeuren.'

'Ik kon er niets aan doen,' stamelde ik.

'Dat wiel, ja, het zou moeten blijven zitten.'

'Ik heb het niet over dat wiel,' zei ze. 'Ik heb het over je woede. Dit is echt niet normaal.'

Ik knikte, richtte mijn blik op de grond. Langzaam kwam het geluid van het voorbijrazende verkeer weer binnen.

Vivian had een ketting van paperclips gemaakt, die ze nu weer paperclip voor paperclip loskoppelde.

'Hoelang zijn jullie samen geweest?' vroeg ze.

'Zes jaar,' zei ik.

'En hoelang nu gescheiden?'

'O we zijn niet gescheiden. Als in, we waren nooit getrouwd. We zijn gewoon uit elkaar.'

Vivian bleef me aankijken. Paperclips vielen op tafel.

'Een jaar,' ging ik verder.

'Heb je haar nog gesproken?'

'Nee, of nou… nee.'

Vivian leunde achterover, opende een laatje en veegde in één beweging de paperclips van de tafel het laatje in. Hierna pakte ze een pen en begon iets op te schrijven.

'We gaan de standaard dingen doen, natuurlijk,' zei ze.

'Natuurlijk,' antwoordde ik, al wist ik niet wat ze daarmee bedoelde.

'G-schema's, positieve gedachten ontwikkelen. Misschien een beetje mindfulness. Maar ik wil ook graag iets… radicalers met je proberen. Vind je dat goed?'

Ik wilde mijn twijfel uitspreken, maar de eczeemplekken begonnen plotseling vreselijk te branden, alsof ze voor mij wilden spreken, alsof alle blaren ja! schreeuwden en hun opengesperde monden in mijn vlees zetten, en dus zei ik ook ja.

'Fijn!' ze was duidelijk tevreden, want ze klapte even kort in haar handen. 'Wat zou je nog van haar nodig hebben?' vroeg ze enthousiast.

'Sorry?'

'Wat zou je van haar willen. Wat heb je nooit gekregen, maar waar verlangde je naar.'

Ik deed alsof ik hier nog even over na moest denken, maar eigenlijk wist ik het al. 'Erkenning,' zei ik. Ik zei het plechtig, en zo reageerde Vivian er ook op. Ze zette haar handpalmen tegen elkaar en leunde met haar kin op haar vingertoppen. 'Voor de pijn?'

'Voor de pijn.'

Ze kwam overeind, op die extreem lange benen. Ze liep even naar de flip-over in de hoek van haar kantoor, maar kwam toen weer terug en ging met één bil op haar bureau zitten. 'Ik wil dat je een afspraak met haar maakt.' Ze keek op me neer terwijl ze dit zei, waardoor ik het gevoel had dat ik hoe dan ook niet kon weigeren. 'Met Ines. Kies een veilige plek, bij voorkeur niet in het openbaar, zodat het niet erg is wanneer je emotioneel wordt. Bij haar thuis is eigenlijk het beste, dan kun je zelf bepalen wanneer je weer gaat. Vervolgens wil ik dat je haar precies vertelt wat je mijn collega bij de intake verteld hebt. Dat jullie weliswaar uit elkaar zijn, maar dat je nog altijd pijn hebt. Nog altijd stress ervaart. En je mag die eczeem er best bij halen, al weten we dat nog niet zeker natuurlijk.'

'Ah, oké...' zei ik.

'Schrijf ook van tevoren op wat je haar wilt zeggen, neem het desnoods mee, lees het desnoods voor. Zorg dat ze je niet de mond kan snoeren. Ze gaat de boel proberen te verdraaien, maar dat wéét je. En je gaat daar niet in mee. Afgesproken?'

Het klonk als een vreselijk idee.

'Klinkt goed,' zei ik.

Vivian glimlachte tevreden en ging weer aan haar bureau zitten. De deur ging voorzichtig open. Een lange dunne jongen met een paardenstaart verscheen in de kamer. 'Sorry, moet ik wachten?'

'Ah, Tony.' Vivian stond op. 'Nee! Kom binnen. Milos, sorry. We zijn te lang doorgegaan. Maar kun jij verder, denk je?'

'Ja, dat denk ik wel,' zei ik.

'Mooi zo.'

'Alleen...'

'Ja?'

'Wat als ze niet naar me luistert?'

Vivian liep met me mee tot de deur. 'Als jij open en eerlijk, zonder haar direct te beschuldigen, over je emoties praat, dan gaat ze alles horen wat je zegt. En dat gaat je enorm helpen. Denk erom: het gesprek is voor jou, niet voor haar.'

'Helder,' zei ik.

'Niet bang zijn, Milos.'

De deur klikte in het slot.

Ik was bang.

’Wat heb jij met je gezicht gedaan?’ Ines stond in de deuropening. Ze droeg een stijlvolle zwarte jurk, nauw sluitend om de hals. Haar lange zwarte haar viel naadloos weg tegen de stof, alsof ze een mantel met een kap droeg. Een beetje stemmig voor een koffieafspraak. Maar zo was ze.

‘Eczeem,’ zei ik terwijl ik haar een fles wijn overhandigde.

‘O nee, wat naar.’ Ze boog naar voren, strekte een lange, dunne vinger uit en streek ermee over mijn gezwollen wang. ‘Doet het pijn?’

‘Een beetje.’

Ze glimlachte haar klassieke, lieve glimlach, compleet met kuiltjes in haar wangen. ‘Geen zorgen,’ zei ze. ‘Je bent nog steeds knap.’

Ik had lang geleden besloten dat ik niet meer om

haar bevestiging zou geven, maar toch deed het me goed dit te horen.

Ines bewoog naar achteren om me binnen te laten, maar toen ik mijn voet op de drempel zette omhelsde ze me. 'Wat fijn om je te zien.'

Haar stem vlak bij m'n oor. Ik rilde.

Ik was lang niet in het huis geweest. En alles leek hetzelfde: de verf die van de muren afbladderde. De gipsen bustes die op de grond in de hal stonden; kopieën van Romeinse en Griekse beelden. De bak met oud papier, de foto's van een vakantie in Griekenland. Al deze dingen waren ooit van mij geweest. Maar nu voelden ze werkelijk vreemd. Alsof ik door een filmset liep waar mijn vorige leven was nagebouwd. Een filmset waarvan de nerveuze setdresser had gezegd dat je nergens met je fikken aan mocht komen. Die setdresser was Ines natuurlijk, in haar lange zwarte jurk. De vrouw die ik ooit mijn vriendin noemde. En nu was ze in alles nog hetzelfde, behalve van mij. Ook haar mocht ik niet meer zonder toestemming aanraken. Vreemd, ook al was er in het laatste jaar van onze relatie weinig sprake van aanraking geweest.

'Wat wil je drinken?' Ines liep voor me uit de volgende locatie van de filmset op: de woonkamer.

'Voor mij nog even geen alcohol. Doe maar iets fris.'

Terwijl Ines naar de keuken verdween ging ik aan tafel zitten. Het houten tafelblad, ooit door mijzelf beschadigd met waterkringen en penstrepen, voelde vertrouwd onder mijn handpalmen. Ik keek om me heen, zag niets wat ik niet herkende. Behalve een pot met een plastic bamboeplant, in de hoek van de kamer, naast het raam. Ines kwam binnen met twee wijnglazen.

'Een plek voor het maankindje,' zei ik terwijl Ines mijn glas inschonk. Ze keek me niet-begrijpend aan. Sterker nog, ze keek me aan alsof ik krankzinnig geworden was.

Ik knikte in de richting van de plant. 'Die bamboe.'

Ines keek om. Ze begreep het nog steeds niet.

'Je kent dat verhaal toch nog wel, van een houthakker en zijn vrouw die geen kinderen kunnen krijgen, en uiteindelijk een kindje in een bamboestengel vinden? Heel ontroerend. Uiteindelijk vertrekt ze naar de maan, geloof ik.'

Ines ging zitten. Ze nam een slok van haar wijn, die een randje rood op haar lippen achterliet. 'Nog altijd met planten bezig dus?' vroeg ze glimlachend.

'Ach, ja. Ik denk na over een boek, over planten en vruchtbaarheid. Het maankindje is maar één van de eindeloze stroom aan verhalen over planten die leven kunnen schenken. In elke cultuur heb je er wel een paar. De meidoorn is er ook zo één. Maar die ken je.'

'Nee,' zei Ines. 'Geen idee.'

'Niet? Het is fascinerend. Ik ben daar nu een los essay over aan het schrijven. We hebben vorig jaar een 1e editie geschonken gekregen van de *Flora Arcana*. Geschreven door madame du Marais – een tijdgenoot van Linnaeus.'

'O ja?'

'Ja, piepklein boekje hoor. Grotendeels onbekend gebleven omdat de kennis die er in staat al vrij snel als flauwekul werd bestempeld. Terwijl, we vergeten vaak dat Linnaeus – dé man die de soorten rangschikte – in zijn eerste versies ook gewoon nog mythische wezens had staan.

'Echt?'

'Ja! Maar goed, die meidoorn, dus. Volgens de *Arcana* kon daar met een bloedoffer en de juiste spreuk een kind onder worden verwekt.'

Ines knikte langzaam.

'En hier schrijf jij een boek over?'

'Een essay, in eerste instantie.'

Mijn mond was droog, ik nam een slok van mijn wijn. 'Maar Max is er ook al mee bezig, die Amerikaan. Je weet nog wie Max is?'

'Niet echt.'

'Nou ja, die schrijft een stuk sneller dan ik, dus het zal er wel niet van komen.'

Ines leunde een beetje naar voren. Ze tikte met haar ring tegen haar glas. 'Ik ben blij om je te zien,' zei ze.

'O, ja?' antwoordde ik.

'Ja. Ik denk dat het goed is om nog wat dingen te bespreken. Of wilde je zomaar langskomen?'

'Nee, nee! Ik denk dat het inderdaad goed is. Dat bespreken.'

Ik nam weer een slok van mijn wijn, maar kantelde het glas te vroeg, waardoor de druppels langs mijn glas naar beneden liepen. Ik depte met mijn vinger de rode vloeistof van tafel, paarse vlekken achterlatend in het hout.

'Wat doe ik nou!' Ines stond verschrikt op. 'Je wilde helemaal geen wijn, wat ben ik stom bezig!'

'Nee, blijf zitten!' riep ik. 'Wijn is helemaal goed.'

'Sorry hoor.'

'Het is oké.'

We zwegen even. Ik wist dat ik moest beginnen. Dat ik het gesprek naar me toe moest trekken en haar moest vertellen waar ik mee zat. Maar er kroop een mist tussen de kieren van mijn brein. De radertjes draaiden stroperig, het koste me de grootste moeite in mijn hoofd een zin te formuleren, laat staan hem uit te spreken. En toch moest ik het proberen.

'Weet je nog,' begon ik, 'die dag in het bos?'

Ik hoopte dat dit genoeg was om haar geheugen op te frissen, maar ze bleef me verwachtingsvol aankijken.

'Ik bedoel, bij die jeneverbes,' ging ik verder.

Ines sloeg haar blik kort naar beneden, naar de rand van de tafel. 'Ja,' zei ze. 'Heel goed.'

'Dat was een heftige dag,' zei ik, waarbij ik probeerde een beetje te lachen. Alsof we het daarmee verder van ons af konden plaatsen. Ines zweeg. Ik voelde dat ik rood werd, en mijn eczeem begon vreselijk te branden. 'Misschien moeten we het nog eens over dat moment hebben.'

Nu keek Ines op, de blik op haar gezicht verbaasde me. Ze leek opgelucht. Vrolijk, zelfs. 'Ik had echt niet meer verwacht dat je hier nog mee zou komen,' zei ze. 'Ik heb er zoveel last van gehad. En ik ben zo blij dat je er toch nog op terug komt.'

'Echt?' Van alle reacties was dit de laatste die ik had verwacht. 'O, wat goed. Ik bedoel, ja. Ik heb er ook veel last van gehad. Daarom dacht ik, laten we het nog eens bespreken.'

Ines nam een slok wijn. 'Ik had het natuurlijk wel

eerder verwacht,' zei ze. 'Maar het is nooit te laat voor excuses.'

'Nou, dat vind ik precies ook!' zei ik. Dit ging verbazingwekkend goed. Mijn hart begon alweer een beetje te kalmeren. Ines stak ondertussen haar hand uit en legde die op de mijne. Dat was ongemakkelijk, maar ik liet het zo.

'Waarom heeft het zo lang geduurd?' vroeg ze.

'Wat?'

'Voor je de moed had gevonden om je excuses aan te komen bieden?'

Ik trok mijn hand terug.

'Sorry?'

'Tenminste, dat kom je doen toch? Je excuses aanbieden?'

Ik geloof dat mijn mond een klein beetje openviel.

'Luister,' zei ik terwijl ik voelde dat mijn hart weer snel begon te bonzen bij mijn slapen. Bons, bons, bons. Bij elke bons werd mijn blik een beetje doffer. 'Volgens mij praten we langs elkaar heen. Jij denkt dat ík mijn excuses kom aanbieden voor wat er gebeurde bij de jeneverbes?'

Ines leunde achterover met één opgetrokken, goed gevormde wenkbrauw.

'Dat lijkt me niet meer dan logisch toch?'

'Ik… maar ik…' Ik begon te stamelen, wat me vreselijk onzeker maakte. 'Maar jij… jij hebt míj daar iets aangedaan!'

Ines lachte. 'Ik jou? Ha! Natuurlijk heb ik dingen gedaan waar ik spijt van heb. Dingen die ik niet had mogen doen. Ik ben de eerste die dat toe zal geven. Maar wat jij deed, of eigenlijk wat je *niet* deed. Wat je *weigerde.* Dat heeft ons uit elkaar gedreven. Dat heeft me diep onzeker gemaakt.'

Buiten gooide iemand flessen in de glasbak, die met een schelle knal uit elkaar spatten. Meteen voelde ik het weer. De paniek. Het eczeem op mijn rug brandde nu ook, prikte wanneer ik met mijn rug tegen de leuning aan kwam.

'Luister,' zei ik. 'Je hebt me geslagen.'

'Serieus?' beet Ines terug. 'Blijf je daarbij? Jij zei dat je een kind wilde met me.'

'Dat wilde ik ook.'

'Waarom wees je me dan af?'

'Ines, kom op…'

'Wat?'

'We lagen vlak naast het wandelpad. Ik wilde wel een kind, maar niet direct, daar…'

'Weet je hoe vernederd ik me voelde. Toen we daar lagen. Toen ik onder mijn jurk mijn string uitdeed. De belofte van het kind nog in mijn hoofd. En je me afwees?'

'Ines, het is toch niet zo gek dat ik...'

'Je duwde me van je af, Milos.'

'Het was geen duwen, ik probeerde gewoon – '

'Dan was het ook geen slaan, toch?'

Ines' blik was verhard. Ze zat rechtovereind, haar kin een beetje geheven.

'Ines... ik had een tand door mijn lip.'

'Daar heb ik toen toch sorry voor gezegd?'

'Maar het kán niet.'

'Ik wilde het niet doen. Denk je dat ik het fijn vond? Maar je dwong me ertoe. Door me zo ongelooflijk te kwetsen. Met mijn gevoelens te spelen.' Ze leunde achterover, dronk haar glas leeg. 'Ik dacht dat je je excuses kwam maken,' zei ze kalm. 'Blijkbaar heb ik me vergist.'

Ik kreeg het warm. Heet. Ik had het gevoel dat de bultjes op mijn gezicht en rug pulseerden, open wilde knappen. Ik was volledig bedekt met kleine vulkaantjes die open wilden barsten. Ik probeerde diep adem te halen, maar er kwam geen lucht in mijn longen.

'Ik zou willen,' begon ik, 'dat er een versie van jou was waar ik wel mee kon praten. Een versie die me zou zien voor wie ik ben. Die de grenzeloze liefde die ik voor jou voelde zou waarderen. En zou beantwoorden. Onvoorwaardelijk.'

Ik stond op.

'Wat ga je doen?' vroeg ze met grote ogen.

'Ik moet even naar het toilet,' zei ik. En ik liep naar de gang.

De plekken in mijn gezicht waren vuurrood geworden, en de bleke blaren in het midden trokken de huid gevaarlijk strak. Eén van die blaren zat op mijn onderste ooglid, waardoor mijn oog gedeeltelijk dicht bleef. Ik haalde de groene zalf, een mengsel van mos en vettige crème, uit de binnenzak van mijn colbertjasje, smeerde het op de plekken. Het koude vet had een verkoelend effect, en het groene pigment maskeerde het vurige rood enigszins. Vroeger noemde mensen me knap, maar toen wilde ik het niet geloven. Hoewel ik de dertig gepasseerd was zag ik mezelf nog altijd als een puber. Lang, droog haar en met veel babyvet. Een van de blaren knapte toen ik er de crème op smeerde. Helder vocht liep in een druppel over mijn wang. Waarom was ik hier? Ik moest van Vivian af. Dit sloeg nergens op. Hoe was ik ook alweer bij haar terecht gekomen? Via de huisarts. Hij had goede ervaringen met haar. Nou, dit was er niet een van. Ik hoorde Ines in de kamer de wijn bijschenken. De flessenhals tikte tegen het glas. Ik keek naar beneden, naar de wc-bril. Daar zat een piepklein rood vlekje op. Een klein, helder druppeltje bloed. Direct richtte ik mijn blik op het roestvrijstalen prullenbakje in de hoek. Ik stak mijn hand uit, maar trok hem weer terug. Dit was waanzin. Dit was gekte. Dit kon ik niet doen. Maar toch merkte ik dat ik mijn hand weer had uitgestoken en het dekseltje met een snelle beweging open wipte. Ik graaide er in, greep iets beet, en haalde er een dikke prop wc-papier uit. Ik hield de prop in mijn hand. Donker rode vlekken schenen door het bovenste laagje papier heen. Voorzichtig vouwde ik het pakketje open. Als jonge tiener had ik mijn ouders zover gekregen me een paar euro te betalen om de badkamer schoon te maken. Met vier zussen in huis keek ik het meest op tegen het prullenbakje, en die geur uit mijn jeugd drong nu ook mijn neusgaten binnen. Het pakketje lag opengevouwen op mijn trillende handpalm. Ik herinnerde me een vakantie in Denemarken, waar mijn vader, tijdens een boswandeling, mij en mijn vier zussen bij hem riep. 'Kijk, een dode muis!' riep hij uit terwijl hij met zijn vingers wees naar iets wits onder een struik. Hij had waarschijnlijk een ondeugende twinkeling in zijn ogen, maar ik zat toen nog in de leeftijd dat ik mijn vader nooit wantrouwde. Nieuwsgierig als we waren en aangetrokken tot dit kleine noodlot duwden mijn zussen en ik elkaar opzij om naar het diertje te kunnen kijken. Toen we er met onze neus bovenop stonden begon mijn vader te lachen. Mijn oudste zus, de enige die op dat moment oud genoeg was om te begrijpen waar ze naar keek, gaf mijn vader een stomp in zijn zij. Ik daarentegen probeerde te bedenken waarom dit vreemde dunne, bebloede muisje, dat geen hoofd leek te hebben, een dunne blauwe staart had.

Nu lag dat muisje in mijn handpalm. Hij was vrij vers, dacht ik, wat perfect was. Het bloed was nog redelijk helder rood. Ik wikkelde de tampon weer in zijn nestje van papier, stak het in de binnenzak van mijn colbert en waste mijn handen. Daarna opende ik zachtjes de deur van het toilet, griste mijn jas van de kapstok en liep in één streep door naar buiten.

Het was een warme dag in september. Op de parkeerplaats bij de bosrand was het rustig. Er stonden twee andere auto's. Een groen uitgeslagen Fiat die eruitzag alsof hij daar was achtergelaten, en een glimmende Mercedes. Bij deze laatste auto zaten twee sportieve zestigers op de rand van de kofferbak hun bergschoenen aan te trekken. Ik parkeerde zo dicht mogelijk bij de bosrand, zodat ik niet langs de zestigers hoefde, haalde het pakketje uit het dashboard en deed het in de katoenen tas die ik op de bijrijdersstoel had gelegd, en waar ik ook een klein tuinschepje en de andere benodigdheden in had gedaan. Ik stapte uit en deed de tas om mijn schouder. Het echtpaar, althans ik denk dat ze dat waren, had inmiddels hun schoenen aangetrokken. Zoemend ging de elektrische kofferbak dicht. De vrouw glimlachte vriendelijk naar me, en ik stak kort mijn hand op voordat ik met een snelle pas het bos in verdween.

Het bleek nog verdomd lastig het echtpaar af te schudden. Ze hadden er vreselijk de pas in, en elke keer wanneer ik even twijfelde welk kant ik op zou gaan hoorde ik die bergschoenen alweer naderen. Het zweet stond me op de rug toen ik uiteindelijk het kruispunt herkende, bij het versleten bankje, en het pad afging. Tussen de bomen was het schemerig, en mijn voetstappen werden gedempt door het zachte mos. Na een minuut of twintig door het halfdonker te hebben gelopen hoorde ik in de verte de rivier. Nu moest ik dichtbij zijn, ook al had ik hier diep in het bos geen enkel herkenningspunt behalve dat geluid. Ik liep recht vooruit, aangemoedigd door het verre ruizen, en blijkbaar was er met mijn geheugen niets mis, want ik bereikte de open plek een kleine tien minuten later. Daar, aan de rand, stond de meidoorn. De bloedrode bessen fonkelden in de zon. Ik dacht aan een pointillistisch schilderij, zo leken die besjes op de werkelijkheid gestipt. Aan de rand van deze open plek, waar het gras hoog en geel was, stonden alle planten en bomen nog strak van de zomer, hun groene blaadjes volgepompt met vocht. Toen ik richting de boom liep vloog er een handvol merels uit de boom, ze schreeuwden een beetje beledigd naar me, alsof ik ze ruw gestoord had in hun dagelijkse doen, wat waarschijnlijk ook zo was. Ik vond een mooi plekje dicht bij de stam, tussen twee wortels, en keek om me heen of niemand me gevolgd was. Dat was natuurlijk niet nodig, want wie zou ik, behalve dan misschien de boswachter of een heimelijk stel minnaars, zo diep in het bos kunnen verwachten? Voorzichtig haalde ik het pakketje met de tampon en de schep uit de tas. Ik had me ingelezen. Het gat moest in ieder geval een meter diep zijn, en minimaal zestig centimeter lang, wat nog een veel grotere klus was dan ik dacht. Ik moest met mijn kleine schepje door boomwortels hakken. Ik probeerde de dikke te ontwijken en sneed de dunne door, die vanbinnen wit waren als pezen, en ook zo stevig voelden. Steeds als ik weer wat dieper ging schraapte het staal van mijn schepje met een knarsend geluid langs diep gelegen stenen. Een scherpe pijn schoot door mijn polsen wanneer mijn gereedschap tegen een steen tot stilstand kwam.

Toen ik de klus eindelijk geklaard dacht te hebben, mijn shirt doorweekt was en mijn handen verkrampt waren, kwam ik erachter dat het knap lastig was een meter in te schatten. Ik gebruikte mijn eigen lichaam als meetinstrument en zorgde dat ik – met mijn benen achter elkaar – tot aan mijn kruis in de aarde verdween. Dat leek me diep genoeg. De merels, die erachter waren gekomen dat ik geen kwaad in de zin had, waren weer op hun takken gaan zitten. Ze keken met hun kraaloogjes toe hoe ik de stukken mos uit mijn tasje haalde en er een bedje van maakte op de bodem van de kuil. Natuurlijk was het mijn eigen fantasie, maar ik vreesde dat ze me zouden veroordelen, en daarom wendde ik me van hen af toen ik de tampon uit het papieren omhulsel haalde. Het bloed was donkerrood geworden. Bruin, haast. Ik hoopte dat ik snel genoeg was geweest en wachtte daarom niet langer om het ding in de kuil te leggen. Ik drukte het een beetje stevig in het mos, zodat het goed en warm lag. Ik stopte het in als een kind. Daarna haalde ik de schaar uit mijn tasje, knipte een takje van de meidoorn af en legde het plechtig boven het hoofd van de tampon.

Nadat ik de kuil had dichtgegooid en de aarde had aangestampt, haalde ik het boek uit mijn tas. De *Flora Arcana* was klein, in leer gebonden, en met rimpelige pagina's. Waterschade die was ontstaan na een lekkage in de universiteitsbibliotheek. Honderden jaren was het boek onbeschadigd gebleven, en nu, door een onzorgvuldige loodgieter, was het onherstelbaar beschadigd. Maar de tekst was leesbaar, meer had ik niet nodig. Ik las voor wat ik voor moest lezen, een tikkeltje beschaamd, begeleid door de merels, die boven me begonnen te kwetteren. De zinnen waren kort, ik voelde er niets bijzonders bij terwijl ik ze uitsprak. Het voelde allemaal erg alledaags. Daarna stak ik het boek weer in mijn tas. Uit vrees voor de boswachter liet ik verdere ceremonie achterwege, draaide me om en verdween met snelle passen in het struikgewas.

Het was halverwege juni toen ik de parkeerplaats van het bos weer op kwam rijden, maar het was koud en nat. Ik was vijf avonden op rij naar het bos gekomen, en vijf avonden had het geregend en moest ik door diepe modderpoelen sjouwen. Ook nu, op de zesde avond, was het al donker toen ik de parkeerplaats op kwam. Ik was op de heenweg niemand tegengekomen, en ook de parkeerplaats was uitgestorven. Ik parkeerde zo dicht mogelijk bij de bosrand, in de hoop dat de schaduw van de bomen mijn auto voor het maanlicht zou verbergen. Onder mijn ruitenwisser deed ik steeds hetzelfde briefje om staatsbosbeheer op een dwaalspoor te zetten: 'Accu leeg. Morgen terug.'

Ik haalde een boodschappentas met daarin twee wollen dekens van de passagiersstoel, sloot de auto af en liep het bos in.

Het licht van de maan scheen dof op de geverfde

paaltjes die de wandelroute aangaven. Ik besloot deze avonden geen zaklamp te gebruiken zolang het niet nodig was. Niet alleen om geen aandacht te trekken, maar ook omdat mijn ogen zo beter aan het donker zouden wennen. Al vrij snel kon ik goed zien waar ik liep, het pad verlicht door het melkachtige maanlicht. Ik was sneller bij het kruispunt met het versleten bankje dan ik had verwacht. Het donker jaagde me op. Ik was scherp op elke geritsel in de bosjes – telkens een merel – en elke vallende tak. Ik had geen angst voor een eenzame wolf, vertelde ik mezelf, maar ik had toch geen zin om onverwachts oog in oog met iets te staan.

Ik ging van het pad af, waar het onder de bomen zo donker werd dat ik nu echt geen hand voor ogen zag. Hier deed ik mijn zaklamp aan, zoals ik dat de avonden hiervoor ook had gedaan. Enkele bomen had ik gemarkeerd met witte tape, zodat ik in het donker nog een soort van ijkpunt had. Ik liep alsmaar rechtdoor, opnieuw vreesde ik dat ik af zou buigen en zou verdwalen, maar de afgelopen nachten was het goed gegaan. Hoe verder ik liep, hoe meer het onder de bomen begon te ritselen, en hoe meer geluidjes ik hoorde hoe sneller mijn pas werd. Rustig blijven, dacht ik. Kalm ademhalen. Er is hier niets dat je kwaad wil doen. Hoogstens iets dat bang voor je is.

Na een tijd gelopen te hebben dacht ik de rivier te horen. Ik stond stil en luisterde. Daarna scheen ik mijn zaklamp in de richting van het geruis en wilde ik verder lopen, maar recht voor me lichtten twee ogen op in het donker. Ik verstijfde. Voor me, nog geen vijf meter van me vandaan, stond een zwijn. Het was een grote beer, dik en log, met één puntige en één afgebroken slagtand. Hij bewoog zijn zware kop omhoog, snoof hard, en op dat moment zag ik twee, drie kleintjes achter hem langs rennen. Het dier begon te krijsen, en voor ik wist wat ik deed had ik het al op een lopen gezet. Ik rende. Rechtdoor? Naar rechts? Ik had geen idee, maar ik hoorde het doffe getrappel van hoeven achter me, dus ik bleef rennen, zonder om te kijken, net zo lang tot ik het getrappel niet meer hoorde. Toen stopte ik en scheen met mijn zaklamp om me heen, panisch, steeds bedacht op die oplichtende ogen in de struiken of onder een boom. Het dier was nergens te bekennen, en voorovergebogen, met mijn handen op mijn knieën steunend, haalde ik diep adem om mijn hart te kalmeren. Het was doodstil. Ik begon me zelfs af te vragen of het me überhaupt achtervolgd had, of dat mijn eigen angst de trappelende hoeven had voortgebracht.

Nadat mijn hartslag weer enigszins was gedaald, probeerde ik me te oriënteren. Ik scheen op alle bomen, van hun kruinen tot hun wortels, maar ik zag geen witte tape. Ik stond half onder een grote spar, mijn hoofd licht gebogen om de takken niet te raken. Mijn schoenen waren tot de veters in de koude natte grond gezakt, en ik was verdwaald. Ze zeggen dat je in Nederland niet in een bos kunt verdwalen. Loop gewoon rechtdoor, en je komt altijd wel een fietspad tegen. Dat zal wel zo zijn, maar ik wilde niet naar een fietspad. Ik moest juist verder, dieper het bos in. Richting het water. Waarom had ik eigenlijk geen bootje gehuurd om de rivier mee af te gaan? Dat moest toch zeker een stuk minder ver lopen zijn? En waarom had ik er niet aan gedacht een kompas mee te nemen? Ik haalde mijn telefoon uit mijn zak en keek op de kaart. Het blauwe puntje in het groen sprong van hot naar her. Zelfs Google wist niet waar ik was.

Na een tijdje besluiteloos, half gebukt onder de spar gestaan te hebben, was ik klaar om mijn verlies te nemen en met mijn koude bange lichaam op zoek te gaan naar een Hollands fietspad. Maar toen hoorde ik het. Heel in de verte. Net zo ver als ik de rivier had gehoord – trouwens, die hoorde ik nu ook. Zachtjes. Dof, bijna. En daarboven een scheller geluid dat op de wind werd meegevoerd. Mijn oren spitsten zich, en om geen takken te laten kraken bewoog ik me niet. Verzon ik dit? Was dit waar? Hier had ik vijf avonden naar gezocht. Elke nacht had ik gehoopt dit te horen, en steeds was het angstvallig stil gebleven. Maar nu – ja, daar was het weer! – hoorde ik het duidelijk. Even vreesde ik dat het de wind was, of een dier. Maar nee, dit kon niet missen. Dit huilen was menselijk. Mijn hart begon weer bij mijn slapen te kloppen, maar deze keer niet van angst. Heel voorzichtig, om geen geluid te maken en goed te kunnen horen, begon ik in de richting van het geluid te lopen. Ik dook onder takken door, struikelde over boomstronken en moest voorzichtig om een vennetje heen. Maar toen was ik er. De open plek. Blijkbaar was ik deels de goede kant op gerend, en in het spookachtige blauwe licht stond daar de meidoorn. Deze keer geen rode bessen. Maar deze boom zou ik uit duizenden herkennen.

Hier, op de open plek, was het gehuil beter te horen. Mijn handen begonnen te trillen van de spanning, en van geluk. Ik liep op het gehuil af en kwam uit voor de boom. Daar, vlak bij de stam, tussen de twee stronken, was de aarde aan het woelen. Tussen het gewoel door ontsnapten de kreetjes, de huiltjes, hoog en schril. Ik liet mezelf op mijn knieën vallen en dacht er niet eens meer aan om mijn schepje te pakken. Met mij handen groef ik. Als een dier. Ik smeet het zand van me af en groef zo snel als ik kon. Het gehuil werd steeds scherper, steeds indringender, alsof ze merkte dat ik er bijna was, en dat ze met haar laatste kracht om hulp riep. Ik haalde mijn handen open aan boomwortels en stenen, en toen zag ik haar hoofdje. Het was bleek en draaide in mijn richting, dunne zwarte haartjes lagen nat over haar schedel, er zat zwart zand tussen haar kleine wenkbrauwtjes.

Zodra ze me zag stopte ze met huilen. Ze hield haar oogjes toegeknepen en tuurde tussen haar wimpertjes door. Ik veegde voorzichtig het dekentje van mos van haar lichaam en het zand van haar buik. Ik haalde de schaar uit mijn ene, en een navelklem uit mijn andere broekzak en pakte de navelstreng vast, die was vervlochten met een witte boomwortel. Nadat ik met mijn duim en wijsvinger had gevoeld en zeker wist dat hij was uitgeklopt, zette ik de navelklem er op en knipte de streng door. Daarna pakte ik het meisje met beide handen beet. Ze was zo klein dat ik haar met mijn hand bijna volledig kon omvatten. Ik ondersteunde haar nekje, veegde wat zand uit haar neusje en tilde haar uit de kuil. Met één arm liet ik haar tegen mijn schouder rustten, terwijl ik met de andere hand de dekens uit de boodschappentas schudde. Het meisje begon weer zachtjes te jammeren toen ze de wind op haar huid voelde. Tot ze haar kleine, donkerbruine ogen opensperde en we elkaar aankeken.

Ik weet dat ik het me in heb gebeeld, maar het leek alsof ze me meteen herkende. Ik gaf haar een kus op haar voorhoofd en wikkelde haar stevig in de dekens, waarna ik haar tegen me aan drukte. Ze huilde zachtjes.

'Stil maar,' zei ik. 'Hier is je papa.'

MOS

De distels prikten door het picknickkleed. Ik lag op mijn rug en keek naar de lucht. Aan de rand van het veld, boven een rij knotwilgen, vloog een eenzame donkere vogel. Althans, ik dacht dat hij vloog, maar hoelang ik ook keek, hij leek niet verder te komen dan zijn vaste plek aan de hemel. Het was alsof ik naar een geschilderde achterwand keek, een decor voor een film of een toneelstuk.

Ik ging zitten, tuurde tegen de zon in. Het dier hing daar maar. Stil en groot. De vleugels gespreid. Ik kreeg er een raar gevoel van in mijn buik, alsof de wereld plots, zonder mij, tot stilstand was gekomen. Ik keek naar mijn vader, die aan de andere kant van het veld op zijn knieën zat. Met zijn rug gekromd bewoog hij zijn handen zoekend door het gras. Ik zag hoe hij plantjes afknipte en ze in zijn katoenen schoudertasje stopte. Zo kwam alles weer in beweging, maar het weeïge gevoel in mijn onderbuik bleef. Ik wreef er met mijn hand overheen en liet me achterover vallen. Ik draaide mijn hoofd, keek richting mijn vader, maar ik zag niets door het hoge gras. Een groene kever liep over de lange stengels. Weer dat zeurende gevoel in mijn buik. Wat had ik gegeten? Waren het mijn darmen? Het voelde anders. Ik mocht niet ziek worden, niet vlak voor het feestje. Niet nu ik eindelijk toestemming had en van mijn imago als kluizenaarsdochter af kon komen. Ik draaide me op mijn zij en trok mijn knieën op. Met mijn hand op mijn onderbuik voelde ik dat mijn jurk aan mijn lichaam plakte. Zweet, dacht ik. Ik bewoog mijn vingers wat verder naar beneden, en bracht ze daarna tot vlak bij mijn gezicht.

'O, jeetje,' zei mijn vader toen hij terug was gekomen en mij zag staan. Het katoenen, uitgelubberde tasje bungelde om zijn schouder. 'Is dat voor het eerst?'

Ik knikte, keek zwijgend naar de rode plek in het picknickkleed.

'Geen zorgen daarover,' zei mijn vader.

'Doe ik niet,' antwoordde ik.

'Nee? Goed zo.' Hij tikte een beetje verdwaasd met zijn handen op zijn zakken. 'Ik heb niet echt iets bij me,' zei hij. Hij haalde een verfomfaait servetje uit zijn zak, twijfelde even, en stak het toen weer terug.

‘Laten we maar gewoon naar huis gaan,’ zei ik.

‘Ja, ja, nee natuurlijk.’

Samen vouwden we het picknickkleed op, verzamelden onze spullen en liepen zwijgend naar de auto.

‘Doet het pijn?’ vroeg mijn vader terwijl hij een plastic boodschappentasje gladstreek op de bijrijdersstoel.

‘Niet echt.’

Ik ging zitten op het koude plastic, dat direct aan mijn benen plakte.

‘Zullen we maar even naar een supermarkt rijden?’ vroeg mijn vader .

Ik deed mijn autogordel om waarbij ik probeerde hem niet met het bloed dat aan mijn vingers kleefde te besmeuren. Mijn vader bleef me met een schuin oog bekijken, bezorgd, voorzichtig. Misschien zag ik er ook wel bleek uit, ik weet het niet. Het enige dat ik weet is dat ik dat weeïge gevoel in mijn buik had, in bed wilde liggen en zo snel mogelijk zo’n ding in wilde. Iets om dit bloeden te dempen en daarmee ook het hele idee dat dit me nu elke maand ging overkomen. ‘Ongesteldheid komt bij de meeste vrouwen elke vier weken voor en duurt ongeveer een week,’ las ik op mijn telefoon. Een wéék. Om de drie weken. Hoe functioneerden volwassen vrouwen in de maatschappij, als ze zich om de drie weken zo voelen? En ik had nog niet eens de helse pijn waar ik vriendinnen van school over had horen klagen. Kutzooi.

'Kijk,' zei mijn vader, en hij wees met een zanderige vinger naar de hemel. Daar hing de grote roofvogel stil in de lucht.

'Die zag ik net ook,' zei ik. 'Wat is het?'

'Ik denk een buizerd.'

'Is dat normaal?'

'Ja,' zei mijn vader opgewekt, blij dat hij over iets anders kon beginnen. 'Dat kunnen sommige roofvogels. Ze doen het om goed zicht op het land te kunnen hebben. Bidden, noemen ze dat. Ik zag trouwens ook nog wat zwijnen lopen. Ze hadden kleintjes, heel schattig. Al wil je ze niet onverwachts in het schemerlicht tegenkomen.'

Ik dacht aan de vogel en wilde weten waar hij voor gebeden had terwijl ik daar op het kleed lag te bloeden. Misschien rook hij mij wel; een stukje doodbloedend aas. Een prooi die elk moment het leven kon laten.

Het was warm in de auto en het leek alsof de bloedgeur in mijn kleren en mijn haren was getrokken. Op de parkeerplaats kwamen ratelende boodschappenkarretjes voorbij. Veel vrouwen. Jong. Oud. Met geblondeerd piekhaar of lange zwarte krullen. Met rode vlassige slierten of dun grijs dons. Allemaal hadden ze gebloed, of deden dat nu nog. En toch was ik doodsbang dat ze een blik in de auto zouden werpen en de rode vlekken in mijn jurk zouden zien. Hoeveel doorweekte onderbroeken zouden hier over het hete asfalt lopen? Hoeveel volgezogen tampons zouden straks thuis discreet in het prullenbakje belanden?

Ik kreeg een appje van mijn vader.

Hoeveel druppeltjes moeten er op de verpakking staan?

Ik heb geen idee.

Ik neem verschillende mee. Nog een merk?

Maakt niet uit.

Tien minuten later zette hij een plastic tas met acht dozen tampons op mijn schoot. Van elk merk twee. Een tweede tasje met maandverband zette hij bij mijn voeten.

'De vrouw in de winkel zei dat jonge meisjes meestal beginnen met maandverband, dus ik dacht... Nou, ja, kijk zelf maar.'

Ik vond een filmpje op internet van een vrouw in een doktersjas. Ze had grijs haar, een bril met groot montuur en een zongebruinde huid. 'I'm going to bring out my vulva puppet,' zei ze met een glimlach, en ze haalde een sokpop uit een plastic bak. De pop had dezelfde zongebruinde huidskleur als zij, maar in plaats van een gezichtje had het felroze schaamlippen. Ik dacht zelfs een klein clitorishoedje te zien. Ze pakte met haar vrije hand een tampon en demonstreerde, nog altijd lachend, hoe ze het in de vagina schoof. 'It's very easy. I'm sure you can do it too.'

Ik legde mijn grote make-up spiegel op de grond, zette één voet op de rand van het bad en probeerde de tampon naar binnen te schuiven. Op het filmpje gleed het er zo in, maar het voelde stroef en pijnlijk. Toen ik hem er eindelijk in had gekregen werd ik meteen bang dat ik hem er nooit meer uit zou krijgen. Het blauwe touwtje hing uitnodigend naar beneden, als bij een touwtjestrekkraam op de kermis.

'En?' vroeg Martha toen ik mijn kamer weer in kwam. Ze lag op haar rug op mijn bed en was bezig op haar telefoon.

'Niet moeilijk,' zei ik en ging met mijn rug tegen de bedrand zitten.

'Zei ik toch. En echt beter dan maandverband. Heb je pijn?'

Ik haalde mijn schouders op. 'Niet per se.'

'Je hebt nog geluk met jouw vader,' zei ze nadat ze haar telefoon met een boogje op het hoofdkussen had gegooid. 'Die van mij werd helemaal seniel omdat ik op de bank in de woonkamer gebloed had. Dan moet je maar geen bank kopen van achtduizend euro, denk ik dan. Idioot.' Ze kwam overeind. 'Godzijdank was mijn moeder erbij. Die was wel chill.' Nadat ze het gezegd had, verstijfde ze. 'Sorry, ik bedoelde…'

'Geeft niet,' zei ik en zocht met mijn hand in mijn joggingbroek of ik het touwtje nog kon voelen.

'Heb je nou niet, als er zoiets gebeurt, dat je zeg maar denkt: waar zou ze zijn?'

Martha's woorden kwamen er stuntelig uit, maar ze bleef me aankijken. 'Dat je haar misschien eens, weet ik veel, op wilt zoeken?'

'Soms wel,' antwoordde ik. 'Maar dan herinner ik me dat ze niets met me te maken wil hebben.'

'Weet je dat zeker?' vroeg Martha voorzichtig.

'Wat?' vroeg ik.

'Dat zij er voor gekozen heeft je niet meer te zien?'

'Dat zegt m'n vader.'

'Ja, dat zegt je vader.'

Martha liet zich weer achterover op het bed vallen.

'Zou je op haar lijken?'

Geen antwoord.

'Ik denk dat je op haar lijkt.' Martha's zoekende toon was verdwenen. De Martha die ik hoorde spreken was de Martha die ik kende van school, overtuigd van haar gelijk, ook als niemand het met haar eens was.

'Dat is natuurlijk waarom die pa van je je direct naar huis laat komen na school. Waarom je nooit naar dingen toe mag in de stad. Hij doet alsof hij bezorgd om je is, maar hij is natuurlijk bang dat je je moeder tegenkomt.'

Ik wist niet wat ik moest zeggen, deed mijn hand onder mijn shirt en cirkelde met mijn middel om mijn navel. Daar voelde ik kleine zandkorreltjes.

'Hij zegt wel vaak dat ik op haar lijk,' zei ik. 'Vooral als ik iets doe wat hem niet zint. Dan trekt hij een sip gezicht, en mompelt iets als "precies je moeder".

Martha was weer overeind gekomen en ging in kleermakerszit achter me zitten. Ze begon mijn haar te vlechten. 'Misschien is het wel heel anders gegaan,' ging ze verder. 'Misschien heeft je vader je wel ontvoerd en is je moeder al jaren naar je opzoek. Wrijft ze elke dag met haar duim over een pasfotootje van je.'

'Houd toch op,' zei ik.

Martha lachte. 'Wat weet je van je moeder?'

Ik dacht na. Er waren geen foto's. Er was geen gesprek geweest. Hij had me niet op de bank gezet en me verteld wat voor vrouw mijn moeder was. Of ze slim was. Of ze lief was. Of mooi. Wat voor werk ze deed. Ik wist niet eens een naam. 'Je moeder was weg voor ze jou een naam kon geven,' zei hij dan. 'Waarom zou je haar naam dan willen weten?' Het was een retoriek die nergens op sloeg. Maar ik legde me er, uit gemak, bij neer.

Het was pas een paar jaar geleden, tijdens een van onze vele picknicks in de zomer, dat hij zich versprak. Ik had een handje lavendel gekneusd in mijn handen en over mijn polsen gewreven. Toen ik het hem liet ruiken moest hij lachen en zei 'Je moeder nam vaak bosjes lavendel mee, als ze weer een bruidsshoot had gehad op de hei.' 'Was ze fotograaf?' vroeg ik. Mijn vader, die zich nu pas realiseerde dat hij zijn mond voorbij had gepraat, ging direct op zijn knieën zitten en begon driftig de kruimels van het picknickkleed te slaan.

'Dat is alles wat je weet?' vroeg Martha.

'Auw,' zei ik, want ze trok te hard aan mijn haar. 'Ja.'

'Jezus, dat is niet veel. Maar goed. Misschien is het genoeg.'

'Wat ben je van plan?'

Martha dacht even na, vlocht verder in stilte. Daarna legde ze beide handen boven op mijn hoofd. 'Je hoeft haar niet te spreken. Maar je moet haar toch op zijn minst eens zíen.'

'Succes, dat vindt mijn vader nooit goed.'

'Die hoeft het niet te weten.'

Ik keek haar over mijn schouder aan. Ik kende Martha's streken, en de blik in haar ogen die daar een voorbode van was.

'Morgen skippen we het laatste uur,' zei ze. 'Dan gaan we op jacht.'

Het was ochtend. Ik liep langs de badkamer, waar ik door de kier van de deur mijn vader voor de spiegel zag staan. Hij wreef groene zalf op de rode plekken in zijn gezicht, wat pijnlijk moest zijn, want hij kneep met zijn ogen en klemden zijn kaken strak op elkaar. Toen hij mij zag glimlachte hij door de pijn heen.

'Is het gelukt?' vroeg hij.

Ik knikte en wilde verder lopen.

'Als je een dagje thuis wilt blijven is dat helemaal oké, hè? En bij gym hoef je ook niet mee te doen als je dat niet wilt.'

'Het gaat prima, pap,' zei ik 'nu moet ik gaan, anders kom ik te laat.'

Die middag spraken Martha en ik af voor de hoofdingang van de school. 'Heb je je afgemeld?' vroeg ik.

'Tuurlijk niet,' zei Martha, schamper lachend. 'Jij bent hier duidelijk niet bedreven in.'

Ze had gelijk. Ik had nog nooit eerder een les geskipped, ook al had Martha me bijna wekelijks geprobeerd over te halen dat wel te doen om samen met haar vrienden naar het park te gaan. Ik weet niet wat ze deden in die uurtjes waarin niemand naar hen om keek. Waarschijnlijk aten ze frikandelbroodjes en dronken ze ice tea uit het pak. Heel veel meer was er in dit gat niet te beleven. Het enige dat ik wist was dat de supermarkt ze verboden had met zijn allen tegelijk naar binnen te gaan. Eén voor één mochten ze, en ze moesten hun tas bij de servicebalie achterlaten.

We haalden onze fiets uit de fietsenstalling en reden richting de stad. Het was rustig, de enige mensen die we in de winkelstraat zagen waren twee BOA's, die ons meteen streng toeschreeuwden dat het hier geen fietspad was. We stapten af en liepen met de fiets aan de hand in de richting van de fotozaak.

'Dit is te stom voor woorden,' zei ik toen ik de grote plastic camera aan de gevel zag verschijnen.

'Heb jij een beter idee?' vroeg Martha. 'Elke fotograaf komt hier. Het is de enige winkel in de stad met fotospullen, en de mensen achter de kassa onthouden echt iedereen. Mark uit H4B heeft er twee jaar geleden een wegwerpcamera gejat en hij mag nog steeds de winkel niet in.'

In plaats van het klassieke belletje werd onze binnenkomst aangekondigd door het geluid van flitsende camera's. De man achter de toonbank, begin veertig, een kale kruin, glimlachte naar ons. Pas toen het geluid van de flitser maar door bleef gaan, ook toen de deur al gesloten was, veranderde zijn houding. Zuchtend kwam hij achter de toonbank vandaan. Hij schoof een krukje voor de deur en ging er op staan terwijl hij met zijn handen voor de sensor wuifde. Het geflits ging door. Hij stak geïrriteerd zijn hand achter het apparaatje en zette een schakelaar om.

'Een kat in de zak,' zei hij teleurgesteld.

Martha knikte begripvol, en we wachtten tot de man weer naar de toonbank was gelopen.

'Dames! Wat kan ik voor jullie doen?'

Martha pakte mijn hand en trok me mee naar voren.

'Nou, we hebben een beetje een gekke vraag.'

'O, ja?' vroeg de man, en hij fronste cartoonesk zijn wenkbrauwen. 'Ik heb al een vriendin hoor,' zei hij lachend terwijl hij aan zijn kale achterhoofd krabde.

Ik verstarde. Keek naar de grond. Martha lachte beleefd. 'We willen graag weten of hier weleens iemand komt die op haar lijkt?' Ze knikte in mijn richting.

De grijns van de man verdween. 'Iemand die op haar lijkt?'

'Ja.'

Hij bekeek me aandachtig. Zijn helder blauwe ogen gleden over mijn lichaam, bleven hangen bij mijn borsten.

'Nee,' zei hij ten slotte. 'Ze komt me niet bekend voor.'

'Helaas.' Martha pakt mijn arm en wilde weglopen.

'En ik denk dat ik dat wel had onthouden,' zei de man snel. 'Zo'n knappe vrouw vergeet je niet snel.' Hij knipoogde naar me.

'Nou, bedankt hoor,' zei Martha, en ze trok me naar de deur. Toen ze hem opende begon de sensor weer te flitsen.

'Wat een multilul,' zei Martha.

Ze liep de McDonald's tegenover de fotozaak binnen. Ik volgde haar. We kochten allebei een milkshake en namen plaats voor het raam met zicht op de fotozaak.

'Wat doen we nu?' vroeg ik.

'Geduld hebben.'

De hierop volgende weken herhaalde dit ritueel zich elke woensdag. Vaker dan nodig durfde ik niet te spijbelen, maar op woensdagen was ik vroeg uit en ik had mijn vader wijsgemaakt dat ik dan op school nog mooi mijn huiswerk kon maken.

We dronken een milkshake in de McDonald's en bekeken de mensen die naar binnen gingen. In eerste instantie natuurlijk in de hoop mijn moeder te vinden, maar vanaf de derde keer had ik deze hoop, als het dat al was, al opgegeven. Het was nu meer een excuus geworden om in de Mac te zitten en te roddelen over iedereen op school, wat een fijn tijdverdrijf was. We keken soms nog met een schuin oog naar de fotozaak, maar vaker vergaten we waarom we er eigenlijk zaten.

Nu was het vrijdag, een maand nadat we bij de fotozaak naar binnen gingen. Martha had me overgehaald handvaardigheid te skippen en nog een middag naar de Mac te gaan. Ze had me nodig, zei ze. En ik was er, al deed ik het met tegenzin. Niet alleen bezorgde dat skippen me veel te veel stress, maar ik vond handvaardigheid ook echt leuk.

Martha was weinig spraakzaam. Ze was betrapt met een spiekbriefje bij Frans en had een één voor haar toets gekregen. Eigenlijk was het al te laat om bij de Mac te gaan zitten, maar ze wilde voorlopig niet naar huis. Dus zaten we daar, zwijgend. Omdat onze gesprekken niet liepen zoals ze dat normaal deden, keek ik maar een beetje naar de fotozaak terwijl Martha op haar mobiel zat.

Het volgende uur zag ik maar een paar mensen de fotozaak binnengaan. Een zeventiger met een hondje dat buiten aan een paal werd gebonden. Een stel van in de twintig, een groepje scholieren en een vrouw met een lange leren jas. We bleven slurpen aan de milkshakes, ook al hadden we de bodem bereikt. Ik keek op mijn horloge.

'Kut. Godver.' Ik stond op.

'Wat doe je!' riep Martha.

'Je weet hoe mijn vader is,' zei ik.

'En je moeder dan?' vroeg Martha, quasi verontwaardigd.

'Die kan wel wachten.'

Ik deed mijn rugzak om.

'Kom op,' ging Martha verder. 'Blijf nog even. Wat is het ergste wat je pa gaat doen? Chagrijnig worden? Dat is hij toch al.'

'Hij maakt zich zorgen,' zei ik.

'Dan moet je hem leren dat hij zich geen zorgen hoeft te maken. Je bent vijftien. Het is belachelijk dat je na school direct naar huis moet.'

Ik liep de McDonald's uit. Zuchtend en steunend kwam Martha me achterna. 'Ik ben trots op je,' zei ze buiten. 'Een kwartiertje te laat naar huis. Dat zijn grote stappen!'

Ik negeerde haar en liep verder naar onze fietsen, die nog bij de gevel van de fotozaak stonden. Op het moment dat ik voor de deur langs liep, ging deze plotseling open. De vrouw met de lange leren jas kwam naar buiten. Ze glimlachte naar me met haar felrood gestifte lippen. Ze had grijze krullen die tot over haar schouders kwamen, pluizig en vol klitten.

Ik liep verder, maar de vrouw bleef staan terwijl ik mijn fiets van het slot probeerde te halen.

'Jeetje,' zei ze.

Ik keek niet op.

'Mag ik jou wat vragen?' De vrouw lachte een beetje

beschaamd. Ik knikte terwijl ik met mijn verroeste slot bleef worstelen.

'Heet jouw moeder Ines?'

Ik liet het slot hangen, keek naar de vrouw. Ze had een nieuwsgierige twinkeling in haar ogen. Ik opende mijn mond, maar wist niets te zeggen.

Voor ik het wist stond Martha naast me. 'Hoezo?'

De vrouw keek haar verstrooid aan.

'Nou, eh...' stamelde ze. 'Laat maar.'

'Nee,' zei Martha scherp. 'Zeg.'

De vrouw keek even om zich heen, haar wangen werden rood. 'Ze lijken nogal op elkaar. Zij en Ines.'

'Is Ines ook een fotograaf?' vroeg Martha.

De vrouw lachte ongemakkelijk. 'Ach, ik zal me wel vergist hebben.' Ze wilde aanstalten maken om weg te lopen.

'Ho! Wacht!' Martha stapte achter haar aan. 'We weten niet hoe haar moeder heet, want ze heeft haar nooit gekend.'

'Och, wat treurig,' zei de vrouw, en ze wilde doorlopen.

'Maar we weten wel dat haar moeder fotograaf is,' ging Martha verder. 'En we willen haar graag spreken.'

De vrouw bleef staan. Ze draaide zich om naar mij. 'Is dat zo?' vroeg ze.

Ik knikte.

De vrouw keek naar de grond. Ze hield haar armen slap langs haar lichaam, en zo bleef ze een tijdje staan.

'Je zoekt je moeder?' vroeg ze uiteindelijk.

'Klopt,' antwoordde ik.

Ze zuchtte. Mompelde iets wat ik niet verstond. Daarna graaide ze met haar hand in haar zak. Ze haalde er een grote leren portemonnee uit, en even later drukte ze me een kaartje in mijn handen. 'Doe haar de groeten van Ans,' zei ze. En zonder om te kijken liep ze weg.

Het kaartje lag in mijn handpalm. *INES Bruidsfotografie*. Ik draaide het kaartje om. Gleed met mijn vinger over het telefoonnummer en het e-mailadres.

Martha kwam naast me staan en legde haar arm om me heen. Ze kneep in mijn vel. 'Ben ik godverdomme een genie of niet?'

Ik stak het kaartje in mijn zak, voelde mijn hart kloppen bij mijn slapen.

'Zie ik je vanavond bij Joanne?' vroeg Marthe.

'Ik betwijfel het,' zei ik, en ik legde mijn koud geworden vingers weer om het roestige staal van mijn slot.

Toen ik thuiskwam zat mijn vader aan de eetkamertafel. Hij had zo'n achterlijke bril met een vergrootglas en een ingebouwd lampje op zijn hoofd. Voor hem lag een groot vergeeld boek met afbeeldingen van planten. Hij keek op toen ik de kamer binnenkwam en klikte het lampje uit.

'Je weet denk ik wel wat ik wil gaan vragen,' zei hij.

'Ik heb mevrouw Blessing geholpen met het opruimen van het handvaardigheidlokaal.'

Mijn vader keek me zwijgend aan.

Ik liep naar hem toe en zette mijn tas op een stoel. Ik zag aan de kleine rode sneetjes in zijn hals dat hij zich had geschoren. Aan zijn wenkbrauw kleefde een druppel groene zalf. Ik boog voorover en smeerde het uit over zijn voorhoofd.

'Is het weg?' vroeg hij.

'Nu wel.'

‘Hoe voel je je?’

‘Prima,’ zei ik.

‘Mooi. Ik zou lekker rustig aan doen als ik jou was. Ik moet nog even werken, maar misschien kunnen we een film kijken vanavond?’

‘Vanavond is dat feestje.’ Ik keek naar zijn gezicht. Ik leek niet op hem. Zijn brede neus, de kleine oogjes met die oenige blik.

‘Weet je zeker dat dat een goed idee is?’ vroeg hij.

‘Ik wil erheen.’

‘Maar waarom? Je lichaam geeft aan dat je rust nodig hebt.’

‘Mijn lichaam geeft aan dat ik geen kind meer ben, pa. En dus ook wel oud genoeg om eindelijk eens een keer naar een fucking feestje te gaan.’

‘Zo hoef je niet te praten tegen mij.’

‘Laat me dan.’

‘Je bent vijftien! Wat heb je op zo’n feestje te zoeken.’

‘Toen jij vijftien was stond je zelf al te zuipen in de kroeg.’

‘Dat waren heel andere tijden.’

‘O ja? Of waren dat ook gewoon tijden waarin jongens wel alles mochten en meisjes angstvallig thuis werden gehouden?’

Mijn vader snoof. Schudde zijn hoofd en wendde zich weer tot zijn boek. 'Doe toch eens normaal.'

'Doe zelf normaal! Dat jij het leven nou hebt opgegeven. Je komt het huis alleen maar uit om naar het bos te gaan. Het is een wonder dat je die tampons zelf voor me hebt gekocht en ze niet thuis hebt laten bezorgen. Jij wilt misschien geen vrienden, maar *ik* wel.'

Mijn vader keek me gekwetst aan. 'Ik heb wel vrienden.'

'Petra en Rens? Dat zijn collega's, pap. Zijn ze hier ooit thuis geweest?'

Hij zweeg. Keek naar een mossige vlek op zijn broek.

'Maar prima. Als jij wilt dat ik totaal vervreemd raak van de wereld, prima. Als jij wilt dat niemand met me om wil gaan omdat ik na school elke dag direct naar huis moet komen, ook goed. Dan vereenzamen we toch samen?'

'Niet zo praten tegen mij,' zei hij zacht.

'Niet zo praten tegen jou? Soms denk ik dat jij het kind bent, en dat ik voor jou moet zorgen.'

Plotseling stond mijn vader op. Zijn hoofd was vurig rood geworden, de blaren in zijn gezicht stonden strak. Even dacht ik dat hij uit zou gaan barsten. Ik zette me schrap, nam mezelf voor niet in te binden of weg te lopen. Maar hij bleef staan, keek op me neer en haalde een paar keer diep adem. De rode kleur in zijn gezicht trok weg, en hij ging weer zitten. Hij schoof de loep voor zijn ogen, klikte het lampje aan en boog zich over zijn boek. 'Ik heb de school gebeld,' zei hij terwijl hij een bladzijde omsloeg.

Ik kreeg een steen in mijn maag.

'Je was niet bij het laatste uur, wist mevrouw Blessing me te vertellen.' Hij keek naar me op. 'Ga maar naar je kamer. Dat feest kun je vergeten.'

Ik pakte mijn tas van de stoel en hing hem over mijn schouder.

'Bedankt,' zei ik zacht. 'Bedankt dat je alles wat het leven leuk maakt in de kiem weet te smoren.'

Mijn vader reageerde niet. Hij bleef naar de bladzijde met een grote meidoorn staren.

'Bedankt dat je jouw kinderlijke angst mijn leven laat bepalen.'

Weer geen reactie.

'Ik weet dat mama me in de steek gelaten heeft als baby. Maar ze houdt me in ieder geval niet gevangen. Dus houdt ze toch meer van me dan jij me wijsmaakt. Meer dan jij, vermoed ik.'

Nu keek hij op.

'Misschien,' zei hij door zijn tanden heen, 'had ik je inderdaad maar bij je moeder moeten achterlaten. Jij lijkt niet alleen op haar. Jij bent haar.' Ik wilde hem mijn tranen niet laten zien, dus draaide ik me met een ruk om en liep de woonkamer uit.

'Mosje...' hoorde ik mijn vader zeggen, maar ik sloeg de deur met een klap achter me dicht.

Ik lag op bed met de radio aan. Naast me, in de woonkamer, hoorde ik mijn vader rondlopen. Hij ging zitten aan de eettafel – ik hoorde de stoel schuiven – en stond dan na een poosje weer op. Mijn telefoon trilde. Een bericht van Martha.

Kom je nog?

Huisarrest.

Je hebt toch een raam?

Ik keek naar het grote schuifraam tegenover mijn bed. Ik sliep op de begane grond. Ik zou niet eens hoeven klimmen, hoefde mezelf simpelweg alleen maar uit het raam te laten zakken tussen de rozenstruiken en dat was het. Het was een wonder dat ik het nooit eerder had gedaan. En tegelijkertijd: ik was een kind. Ik had het lef niet om tegen mijn vader in opstand te komen. Maar nu? Terwijl ik aan de treurige ogen van mijn vader dacht borrelde de woede in me op. Ik stapte van mijn bed en zette de radio uit. Mijn jas kon ik niet gaan halen, dus ik pakte een dikke trui uit de kast en trok hem aan.

Even bleef ik bij de deur staan luisteren. De tv stond aan. Al een paar minuten nu. Het klonk als een film. Voorzichtig, om de houten vloer niet al te veel te laten kraken, liep ik naar het raam. Ik schoof hem open en zette hem vast. We zaten in het staartje van de zomer, maar de wind begon al naar dode bladeren te ruiken. Ik slingerde mijn ene been over de rand, gevolgd door de andere. Ik liet mezelf rustig neerkomen, en vrijwel direct zakten mijn schoenen weg in de zwarte aarde. Doorns van rozen raspten langs mijn spijkerbroek. Mijn handen stak ik door het raam naar binnen en trok zo goed als het ging de gordijnen dicht.

Op mijn hurken keek ik in de richting van de woonkamer. Het licht van de tv weerspiegelde in het raam.

We woonden aan een kanaal omringd door bossen. 's Avonds was het slecht verlicht. Terwijl ik de straat uit fietste keek ik om en zag het raam, een lichtgevend rechthoek in de duisternis, waarachter mijn vader tv zat te kijken.

Het was ver fietsen naar Joanne, een minuut of vijftig. Ongeveer net zo ver als naar school. Toen ik in haar straat aankwam stond het zweet op mijn rug, dus ik deed mijn trui uit en knoopte hem om mijn middel.

Voor het huis stonden tientallen fietsen, kriskras op de stoep geparkeerd. Ik herkende die van Marthe: een paars geverfde Gazelle waarvan het schuim uit het zadel stak. Uit het keukenraam kwamen de schelle tonen van muziek die te hard uit te kleine boxen wordt geperst. Het was vreemd: al jaren wilde ik niets liever dan eindelijk eens naar een feestje gaan, maar nu ik het gedram van schimmen achter het melkglas van de keukenramen zag, aarzelde ik.

Ik zette mijn fiets op slot, en terwijl ik de sleutels in mijn broekzak wilde proppen voelde ik het kartonnen kaartje. Ik haalde het uit mijn zak. Bekeek het. Het was gekreukt bij de hoeken. Ik had thuis de website bezocht, waar helaas geen foto van haar opstond, maar wel een adres. Ik kende de straat waar ze woonde. Het was hier niet ver vandaan, vlak bij het zwembad waar ik vroeger zwemles had.

De deur van Joannes huis ging open en twee jongens die ik niet kende kwamen naar buiten. Ze zagen er oud uit. Examenleerlingen. Ze leunden tegen het vensterbankje van het keukenraam en hun sigaretten lichtten op in het donker. Even later rook ik de geur van wiet.

'Is er wat?' zei de langste jongen toen hij mij zag staan.

'Nee,' antwoordde ik.

'Wat moet je dan?'

'Ik kom voor Joanne.'

De jongens begonnen te giechelen en stoten elkaar met hun ellebogen aan.

'Hoe heet je?' vroeg de lange.

'Mos...'

‘Mos?’ De jongen bulderde het uit. ‘Dat groene spul?’

Zijn kleinere vriend gaf hem een speelse klap tegen zijn achterhoofd. ‘Jij heet zelf Storm, kneus!’ Daarna bekeek hij me aandachtig. ’Je bent wel heet,’ zei hij. ‘Ben je preuts?’

‘Houd je bek, Frank!’ riep de lange lachend.

‘Wat? Ik wil weten of er nog wat te halen valt vanavond.’ De kleine stak de joint tussen zijn lippen en nam er een lange hijs van. ‘Meisje,’ zei hij. Flarden rook ontsnapten uit zijn mond. ‘Als je ontmaagd wilt worden, kan dat. Bij mij doet het geen pijn.’

Zijn lange vriend stikte van het lachen. Hij boog voorover en sloeg met zijn grote handen op zijn knieën. ‘Omdat ie zo klein is, ja!’

Ik stak mijn sleutels in het slot.

‘Mosje, niet weggaan!’

Stapte op.

‘Hij ouwehoert maar!’

En fietste zonder om te kijken de straat uit.

Er brandde licht in het huis van Ines, maar de gordijnen waren gesloten. Het was een doodnormaal rijtjeshuis. Een plat dak, een voortuin met veel tegels. Er stak een gure wind op en ik kreeg kippenvel op mijn blote armen. Wat moest ik zeggen als ze opendeed? Hoi, ik ben misschien uw dochter? Ze zou denken dat ik krankzinnig was. En durfde ik dat überhaupt te zeggen, zelfs als ze voor geen meter op me leek en ik geen enkele reden had om te denken dat dít de vrouw was die me gebaard had? Oké, de vrouw bij de winkel zei dat ze op me leek. Maar goed: zoveel mensen lijken op zoveel mensen. Mensen denken zelfs dat Martha en ik zusjes zijn.

Plotseling voelde ik een pijnlijke steek in mijn buik. Ik voelde aan mijn broek, maar die was droog. De tampon deed zijn werk.

Ik zette mijn fiets op slot. Mijn vader zou mijn ontsnapping inmiddels vast ontdekt hebben. Aanbellen bij een vreemde was nu een prettiger alternatief dan naar huis gaan, dus ik ademde een paar keer diep in en uit, spuugde op de grond en liep naar de voordeur.

De bel klonk hard en scherp, en het duurde niet lang voordat ik gestommel in de gang hoorde. Er werd een knip van de deur gehaald. Een slot opengedraaid. En toen ging, met een snelle ruk, de deur open. Voor mij in de deuropening verscheen ikzelf. Ik zag hoe mijn lange zwarte haren stijl over mijn schouders vielen. Hoe mijn mond met de smalle lippen langzaam openging. Hoe mijn ogen groot werden en ik mijn wenkbrauwen optrok. Voor het eerst zag ik mijn rimpels; beginnende kraaienpootjes. Een klein litteken in de hals waar bij mij nu nog een moedervlek zat. Ik was een stuk ouder dan ik, misschien wel dertig jaar. Maar ik was het. Ines was misschien een paar centimeter langer, maar het scheelde niet veel.

We keken elkaar aan, en ik zag hoe de tranen in mijn eigen ogen begonnen op te wellen.

Ines deed een stap naar achteren. 'Kom maar binnen,' zei ze.

Klonk mijn stem dus zo?

De hal was smal. Vlak naast de deur stond een groot krat met lege wijnflessen. Aan de ene muur hing een volle kapstok, en tegen de andere stonden replica's van Griekse en Romeinse bustes. Ines sloot de deur achter me en liep voor me uit richting de woonkamer. Daar wees ze me de bank, en ik ging zitten.

'Wil je iets drinken?' vroeg ze nadat ze de tv uit had gezet.

'Een glaasje water, graag.'

Ze liep naar de keuken en kwam terug met twee glazen wijn. Nadat ze de glazen op het bijzettafeltje had gezet streek ze even met haar hand door mijn haren. Ze schudde ongelovig met haar hoofd en liep naar het brede dressoir dat tegen de lange muur van de kamer stond. Na even in een lade gerommeld te hebben haalde ze er een blauw mapje uit en bladerde er doorheen. Ze kwam terug en legde het mapje open op mijn schoot. Het was een fotoalbum. En voor mij op tafel lag een foto van mijzelf op mijn huidige leeftijd. Ik was het echt. Alleen was deze foto duidelijk lang geleden gemaakt. Ik zat op een strand en lachte breed naar de camera. Naast mij een jonge jongen die ik niet kende, die bezig was met een plastic schep een gat te graven. Ik herinnerde me deze foto niet, of het strand, of de mensen die erop stonden. Er stond iets onder gekrabbeld met blauwe balpen: 'Ines en Onno, Zandvoort, 80.'

Ines was inmiddels naast me gaan zitten. Ze nam kleine slokjes van haar wijn. 'Hoe heet je?' vroeg ze.

Het was gek haar stem te horen. Of eigenlijk was dat het enige wat niet gek was. Omdat ik het niet als van mijzelf herkende. Maar tegelijkertijd: hoe vaak had ik mijn stem buiten mezelf gehoord?

'Mos... Mosje,' antwoordde ik terwijl ik het fotoboekje op het salontafeltje legde.

Ines wreef onwillekeurig over het littekentje in haar hals. 'Droom ik?' vroeg ze.

'Nee, ik ben het echt.'

Ze gniffelde, nam een grote slok van haar wijn. 'Stroop je mouwen eens op,' zei ze.

Het was een vreemd verzoek, maar ze keek er zo vriendelijk bij dat ik het deed. Ik toonde haar mijn armen, hield ze gestrekt voor me uit. Ines haalde een blauwe balpen uit een klein etui dat op de leuning van de bank lag. Ze pakte me vervolgens voorzichtig bij de pols van mijn linkerarm en omcirkelde, heel teder, twee moedervlekken. 'Laat die maar eens nakijken,' zei ze. Ze boog voorover en keek in mijn hals. Ook daar zette ze een cirkeltje. 'En die.'

Het was raar om zo dicht bij haar te zijn, maar het voelde vreemd prettig. Geen enkele vrouw van haar leeftijd had mij op deze manier aangeraakt. Zacht, liefdevol. Moederlijk.

'Het moet wel erg slecht met me gaan,' zei ze. 'Omdat ik jou nu zie. Kom je me halen of vergeven?'

Ik haalde mijn schouders op. Ze legde haar hand op mijn been en wreef er over. Ik wist dat ik het haar moest vragen: waarom ze was vertrokken. Waarom ze me alleen bij mijn achterlijke vader had achtergelaten, maar ik wilde de tederheid van de situatie niet kapot maken. Het sloeg nergens op, maar die hand op mijn been deed me bijna huilen. Ik wilde er een stolp overheen zetten en het voor altijd zo bewaren. Haar hand en mijn been op sterk water. Ik wilde haar omhelzen, me tegen haar borst aanvlijen en huilen. Huilen als een kind, met lange halen. Ik wilde haar uitschelden, en dat ze tijdens mijn hele scheldpartij alleen maar met haar hand door mijn haar zou gaan. Maar ik bleef zitten en nam genoegen met de hand op mijn been. Misschien konden we gewoon zo een tijdje blijven zitten. Hoefde er voorlopig niets gezegd te worden. Zou dat allemaal ook later kunnen: het drama, de uitleg. Misschien kon ik eerst wel gewoon zo bij haar zitten. Bij mijn moeder op de bank.

Ines pakte haar glas weer op, zette het aan haar lippen en dronk het in één teug leeg.

'Wat een misselijke grap is dit,' zuchtte ze. Ze legde haar hand op mijn schouder en kneep er in, zonder me aan te kijken.

'Sorry?' vroeg ik.

'Ze willen me laten geloven dat ik gek ben, zeker.'

'Wie?'

'Weet ik veel. Zeg jij het maar. Wat kom je hier doen?'

Ze keek me aan. Haar blik was ineens kil, beschuldigend. Ik schoof een stukje van haar weg.

'Leuke actrice ben je,' zei ze. 'Of moet ik nou echt geloven dat ik met mijn jongere zelf op de bank zit?'

Ze lachte, pakte mijn glas en nam er nog een slok van.

'Ik ben jou niet,' zei ik zacht. Veel zachter dan ik het had willen zeggen.

'O nee? Wie ben je dan?'

'Ik ben je dochter.'

'Ha! Mijn dochter!'

Waarom had ik naar Martha geluisterd? Dit was duidelijk een afschuwelijk idee.

'Mijn dochter!' riep Ines nogmaals uit. 'Er is uit mijn kut geen kind gekropen!'

Ik wilde opstaan, maar ze pakte me bij mijn arm. Niet langer teder, maar ruw.

'Wie heeft je dat wijsgemaakt?'

'Niemand,' zei ik. 'Je hebt me zelf achtergelaten.'

'Bij wie?'

'Bij Milos. Bij papa.'

Plotseling verslapte haar greep en kon ik loskomen. Ik stond op.

'Bij Milos?' vroeg ze zacht.

Ik reageerde niet.

Haar gezicht stond treurig. Verward. Plotseling herkende ik mijzelf niet meer in haar, terwijl ik ook wel kon zien dat we exacte kopieën waren. Ze pakte mijn hand, nu zacht. Wreef zachtjes met haar duim over mijn knokkels.

'Het spijt me,' zei ze, prevelend bijna.

'Waarom heb je het gedaan?' vroeg ik.

Ze schudde haar hoofd. 'Ik... ik begrijp het niet.'

'Waarom heb je me achtergelaten bij papa?'

Ze liet mijn hand los. De hardheid was weer teruggekomen in haar gezicht.

'Dit is heel erg wat jij doet,' zei ze. 'Heel, heel erg.' Ze stond op. 'Ik weet niet wát voor spelletje jij met me speelt, maar je bent gestoord.'

'Ik...' Ik begon te stamelen, maar ze liet me niet uitspreken.

'Ik heb geen kind en ik wil geen kind,' zei ze. 'En jij? Jij bent geen kind. Jij bent een monster. Jij bent een monster en je komt me straffen.'

'Ik denk dat ik moet gaan,' zei ik, en ik begon in de richting van de hal te lopen.

'Dat denk ik ook, ja!' riep Ines. 'Ik verdien geen straf!' Ze schreeuwde zo hard dat de buren haar gehoord moeten hebben.

Ik liep snel de gang in, naar de voordeur. Daar worstelde ik met het slot. Toen ik het los kreeg en de deur opende voelde ik een hand op mijn schouder.

'Maar, nee,' zei Ines met trillende stem. 'Je moet niet weggaan. Dat kun je toch niet doen? Je kunt me toch niet alleen laten?'

Ik opende de deur verder en stapte naar buiten.

'Ga je me nu verlaten?' ging ze verder. 'Net als je vader? Terwijl ik troost nodig heb?'

Ik draaide me naar haar om. Haar gezicht was rood. Ze had tranen in haar ogen.

'Het spijt me,' zei ik. 'Maar dit was een vergissing. We zijn inderdaad geen familie.'

Pas toen ik mijn fiets van het slot hoorde klikken wist ik dat het voorbij was.

Er hing een spookachtige nevel over de velden, bewegingloos in de windstille nacht. Mijn vader, die altijd voor twaalf uur sliep, moest al lang naar bed zijn gegaan. Hoogstwaarschijnlijk had hij daarvoor nog even op mijn slaapkamerdeur geklopt. Hij was een slechte ruziemaker. Hoe gemeen we ook tegen elkaar waren geweest, hij kwam na verloop van tijd altijd schoorvoetend en met weinig woorden zijn excuses aanbieden. Maar of hij me dit zo makkelijk zou vergeven? Hij was doorgaans al doodongerust wanneer ik tien minuten te laat thuis kwam. Laat staan dat ik, compleet onbereikbaar, uren wegbleef in het holst van de nacht.

Ik stelde me voor hoe hij met zijn knokkels op mijn deur roffelde. Geen reactie. Nog een roffeltje. Zijn hand op de klink. Even kijken of ze slaapt, deur op een kier, mijn kamer vaag verlicht door de ganglamp. En dan een leeg bed zien. Ik was dom geweest. Ik had er iets in moeten leggen zoals ze dat in films en kinderboeken doen: opgerolde kledingstukken en een voetbal als hoofd.

Het licht in de woonkamer brandde nog. Ik zette mijn fiets zo zacht mogelijk tegen de schuur, en voorzichtig om het hoekje kijkend zag ik dat mijn slaapkamerraam nog open stond. Ik hurkte voor het rozenperkje en begon langzaam, op handen en voeten, onder de ramen door in de richting van mijn kamer te bewegen. Onder het woonkamerraam hield ik stil. Ik hoorde een stem. Een Amerikaanse vrouw. Ze stak een monoloog af over iets, maar ik kon het niet goed verstaan. Als ik schuin naar boven keek zag ik, precies zoals tijdens mijn ontsnapping, de korte flitsen van het tv-licht in het raam weerspiegelen. Ik zocht grip met mijn vingers aan het raamkozijn. Heel traag en voorzichtig, als een bosnimf uit een moeras, kwam ik omhoog. Tot mijn ogen nét over het kozijn heen konden kijken. Op de televisie glinsterde een diamanten ring. Een vrouw met rood gekruld haar en een brede glimlach toonde het object aan de kijker. Een groot geel telefoonnummer nam het onderste kwart van het scherm in beslag, omlijst met een tekst die opriep nu zo snel mogelijk te bellen.

Ik keek naar links. Daar, op de bank, zat mijn vader.

Zijn hoofd lag achterover op de leuning; de mond een beetje open. In het blauwe licht van de tv zag ik dat hij zijn ogen dicht had. Zijn borst ging vredig op en neer; de afstandsbediening bungelde losjes in zijn hand.

De volgende morgen werd ik wakker van de wapperende gordijnen, waar het zonlicht in flarden doorheen scheen. Ik legde mijn hand op mijn onderbuik. De weeïge pijn was verdwenen.

Toen ik opstond om het raam te sluiten, zag ik dat mijn vader in de tuin bezig was. Hij zat op zijn knieën op een matje bij de bramenstruik. Met een rubberen schoonmaakhandschoen aan plukte hij de vruchten en legde ze in het gele emmertje dat ik vroeger altijd meenam naar het strand.

'Zijn ze rijp?' vroeg ik toen ik even later naast hem kwam staan.

Mijn vader hield zijn hand op. In de palm van de gele handschoen lag een dikke, sappige braam. Ik pakte het vruchtje tussen duim en wijsvinger en stak het in mijn mond. Mijn vader hief zijn handen in de richting van de gigantische struik.

'We moeten maar jam maken,' zei hij.

'Dit krijgen we met z'n tweeën nooit op.'

Ik knikte. 'Zullen we die met munt maken?'

'Top idee,' antwoordde mijn vader, en hij stak zijn gehandschoende hand diep in de struik. Hij trok deze al snel, zonder iets geplukt te hebben, weer terug en legde zijn handen op zijn knieën. Het leek alsof hij zat te bidden. Zijn hoofd gebogen in de zon. De rode eczeemplekken in zijn nek glimmend in het gele licht. Hij mompelde iets.

'Wat zei je?' vroeg ik.

Hij schraapte zijn keel. 'Sorry,' zei hij zacht.

'Waarvoor?'

Hij deed zijn handschoen uit en begon aan zijn rug te krabben, waar hij slecht bij kon.

'Dat ik zei dat je je moeder was. Dat ben je niet. Je lijkt niet eens op haar.'

Hij keek voorzichtig naar me op. Ik zag dat hij het ongemakkelijk vond, maar ik was nog niet bereid om hem direct uit zijn lijden te verlossen. Even bleef ik hem slechts aankijken. Zijn ogen gingen van mij naar de struik en weer terug.

'Dat weet ik,' zei ik uiteindelijk. 'Maar het wordt toch eens tijd dat je wat meer over haar vertelt.'

Mijn vader knikte. 'Ik dacht,' begon hij, terwijl hij

nu zonder handschoenen aan de struik begon te plukken, ‘dat we misschien eens bij haar langs konden gaan. Wij samen. Als jij er klaar voor bent, natuurlijk.’

Ik pakte nog een braam uit het emmertje en kneep er zachtjes in. Ze waren uitzonderlijk goed dit jaar. Niet te zacht, niet te hard.

‘Misschien over een tijdje,’ zei ik.

Mijn vader knikte. ‘Dat is goed’.

Hij probeerde nog altijd met zijn nagels het midden van zijn rug te bereiken.

‘Kom,’ zei ik. ‘Ik zal je helpen met je zalf.’

Ik hielp mijn vader overeind, wat niet nodig maar wel prettig was, en we liepen met het emmertje bramen richting het huis.

‘Het wordt kouder,’ zei ik terwijl ik over mijn met kippenvel bedekte armen wreef.

Mijn vader hield de voordeur open. ‘Het wordt weer jassenweer,’ zei hij. ‘Vooral ’s nachts.’

Ik keek naar hem op.

Maar hij glimlachte alleen maar en liep met het emmertje naar de keuken.